Dieses Buch gehört
dem Drachenmeister:

DRACHEN MEISTER

DAS LAND DES FRÜHLINGSDRACHEN

VON

TRACEY WEST

ILLUSTRIERT VON

MATT LOVERIDGE

DIE DRACHENMEISTER

Weitere Bücher

Inhaltsverzeichnis

FÜR MEINE MAMA UND MEINEN PAPA, CAROLE UND TOM.

Danke, dass ihr mich dazu inspiriert habt,
zu lesen und zu schreiben! - TW

DRAGON MASTERS 14 / LAND OF THE SPRING DRAGON

Published by Arrangement with SCHOLASTIC INC., 557 Broadway,
New York, NY 10012 USA

“This book was negotiated through Literary Agency Thomas Schlück
GmbH., 30161 Hannover“
“Dieses Werk wurde vermittelt durch die Literarische Agentur Thomas
Schlück GmbH, 30161 Hannover“

www.adrian-verlag.de
Adrian & Wimmelbuchverlag GmbH
Friedrichstraße 126
10117 Berlin

Illustrationen: Matt Loveridge
Übersetzung: Simone Fischer
Satz deutsche Ausgabe: Julia Groier-Bleiweis

Bei Fragen zur Produktsicherheit wenden Sie sich bitte an
post@wimmelbuchverlag.de

ISBN: 978-3-948638-01-6

Printed 2026in the EU

KAPITEL 1

HOFFNUNG FÜR BRACKEN

Drake konnte nicht aufhören darüber nachzudenken, was mit dem Königreich Bracken passiert war.
Bilder schossen ihm durch den Kopf: in zwei Hälften gebrochene hohe Bäume. Felder, einst grün und voller Feldfrüchte, jetzt aufgerissen und zerstört. Holz von zerstörten Häusern, verstreut auf der Erde.

Einige Stunden zuvor hatte ein Erdbeben gewütet. Ein böser Zauberer namens Maldred hatte einen mächtigen Drachen namens Naga kontrolliert. Er hatte dem Naga befohlen, Bracken anzugreifen.

Drake und eine Gruppe von Drachenmeistern hatten Maldred aufgehalten, aber nicht rechtzeitig, um Bracken zu retten. Das Erdbeben hatte die Ernte zerstört. Das bedeutete, dass das ganze Königreich nun wahrscheinlich hungern musste.

Wir müssen unser Land wieder aufbauen, dachte Drake. *Ich werde alles tun, was dafür nötig ist.*

„Drake, hörst du zu?", fragte Griffith, der Zauberer des Königs.

„Entschuldigung, Griffith", sagte Drake und riss sich von seinen Gedanken los.

Drake und zwei andere Drachenmeister – Petra und Rori – waren mit Griffith in seiner Werkstatt im unteren Teil von König Rolands Burg. Petra las laut aus einem Buch vor.

„Fahr bitte fort, Petra“, bat Griffith. „Bitte hört alle genau zu. Wir haben vielleicht einen Weg gefunden, Bracken wieder aufzubauen.“

Petra nickte, wobei ihre blonden Locken hüpften. „Jedes Jahr, wenn der Winter endet, bringt der Frühlingsdrache den Frühling zurück in das Land von Inis Banba“, las sie aus dem Buch vor. „Dieser Drache ist mit der Natur verbunden. Sie bringt Pflanzen zum Wachsen.“

„Das ist perfekt!“, bekundete Rori. „Vielleicht kann dieser Frühlingsdrache die Ernte in unserem Königreich nachwachsen lassen.“

„Wir müssen nach Inis Banba gehen und den Frühlingsdrachen um ihre Hilfe bitten“, erklärte Drake.

„Diesen Drachen zu finden, könnte nicht so einfach sein“, meinte Petra. „Das Buch sagt, dass sie in einer Welt lebt, verborgen im Inneren von Inis Banba. Der einzige, der diese Welt betreten und den Drachen finden kann, ist ihr Drachenmeister.“

„Dann werden wir den Drachenmeister finden!“, erklärte Griffith. Der Zauberer öffnete eine Truhe mit geschnitzten Drachenbildern. Ein großer, grüner Drachenstein glitzerte darin.

Griffith bewegte seine Hand über den Stein. „Zeig mir den Drachenmeister des Frühlingsdrachen“, bat er.

Der Drachenstein begann zu glühen. Grünes Licht schoss aus ihm heraus.

Ich frage mich, wie dieser neue Drachenmeister aussehen wird, dachte Drake.

Ein Bild erschien im Licht. Ein Mädchen mit lockigen, roten Haaren und Sommersprossen stand auf einem Feld mit Wildblumen neben einem Steinbrunnen. Ihre grünen Augen blickten durch eine Nickelbrille. Und wie die anderen Drachenmeister trug sie ein Stück Drachenstein um den Hals.

„Wir haben sie gefunden!“, rief Drake.

KAPITEL 2

EINE NEUE DRACHENMEISTERIN

Die Augen des rothaarigen Mädchens verengten sich. „Wer hat das gesagt?“, fragte sie.

Petra schnappte nach Luft. „Sie hat uns gehört!“ Drake hatte schon einmal gesehen, wie der Drachenstein arbeitete. Man konnte dabei den Drachenmeister im grünen Lichtstrahl sehen und hören. Aber der Drachenmeister konnte normalerweise die andere Seite weder sehen noch hören.

Griffiths Augen weiteten sich. „Das ist sehr ungewöhnlich! Der Brunnen muss eine Art Portal sein", murmelte er und strich sich über seinen langen weißen Bart.

Das Mädchen sah in den Brunnen. „Ich kann euch im Wasser sehen", sagte sie. „Ich sehe einen dünnen Zauberer und drei Drachenmeister. Warum spioniert ihr mich aus?"

„Wir spionieren dich nicht aus", antwortete Drake. „Wir brauchen deine Hilfe. Unser Königreich wurde von einem Erdbeben heimgesucht. Es hat unsere Ernte zerstört."

„Wir haben gelesen, dass der Frühlingsdrache Pflanzen wachsen lassen kann", fügte Petra hinzu.

„Könnest du sie hierher bringen, um unsere Ernte zu retten?", fragte Rori.

Die Augen des Mädchens funkelten. „Kennen die Menschen in eurem Land das Wort *bitte* nicht?“ fragte sie

„*Bitte*, kannst du uns helfen?“, bat Drake.

„Das liegt nicht an mir“, sagte sie. „Das liegt an Fallyn.“

„Ist das der Name deines Drachen?“, fragte Petra.

Das Mädchen nickte. „Ja. Und ich bin Breen“, antwortete sie. „Ich bin Fallyns Drachenmeisterin, aber Fallyn ist nicht wie andere Drachen. Sie gehört zu *allen*, die in Inis Banba leben. Obwohl ich ihre Meisterin bin, kann ich ihr nicht befehlen, dieses Land zu verlassen. Das muss sie selbst entscheiden.“

In diesem Moment leuchtete Breens Drachenstein grün und sie schloss die Augen. Drake wusste, dass sie die Stimme ihres Drachen in ihrem Kopf hörte.

„Fallyn sagt, dass sie einen mutigen Drachenmeister empfangen wird“, erklärte sie.

Rori runzelte die Stirn. „Nur einen?“

„Nur sehr wenige Menschen sind in Fallyns verborgener Welt erlaubt“, antwortete Breen.

„Drake soll gehen“, beschloss Griffith. „Sein Erddrache Wurm kann ihn blitzschnell dorthin transportieren. Wir dürfen keine Zeit verlieren.“

„Du findest mich auf der Mave-Wiese“, sagte Breen. Dann verblasste das grüne Licht.

Drakes Magen flatterte. Er und Wurm waren bereits zuvor in ferne Länder gereist. Aber Drake hatte immer mindestens einen Freund bei sich gehabt.

Petra berührte Drakes Arm. „Mach dir keine Sorgen, Drake. Du schaffst das“, versicherte sie ihm.

Rori lächelte. „Bring uns diesen Drachen und rette Bracken!“

„Ich werde euch nicht im Stich lassen!“, versprach Drake.

Dann verließ Drake die Werkstatt des Zauberers. Wurm wartete schon auf ihn.

„Wir müssen sofort nach Inis Banba“, erklärte er seinem Drachen, „um eine Drachenmeisterin namens Breen an einem Ort namens Mave-Wiese zu treffen. Kannst du uns dorthin bringen?“

Wurm nickte und Drake legte seine Hand auf Wurms Schuppen.

„Dann los!“, rief Drake. Er schloss die Augen, als ein hellgrünes Licht aufblitzte.

KAPITEL 3

DIE PRÜFUNG

Als das Licht verblasste, öffnete Drake seine Augen. Wurm hatte sie zu einem Feld voller Wildblumen transportiert. Dort stand Breen neben dem Brunnen, den der Drachenstein ihnen gezeigt hatte.

Breen ging zu Drake und seinem Drachen hinüber. Sie sah zu Wurm auf.

„Hallo, Wurm", sagte sie. „Das ist ein ungewöhnlicher Name für einen Drachen, oder? Aber ich kann sehen, warum Drake dich so genannt hat." Dann wandte sie sich an Drake. „Hallo Drake", sagte sie. „Schön, dich kennenzulernen."

„Freut mich auch, dich kennenzulernen", sagte Drake. „Es ist schön, dass du und dein Drache uns helfen werden."

„Nicht so voreilig", mahnte sie. „Bevor Fallyn bereit ist, dir zu helfen, musst du sie erst einmal finden."

„Kannst du mich nicht einfach zu ihr bringen?“, fragte Drake.

Breen grinste. „Das wäre zu einfach“, erklärte sie. „Um Fallyn zu finden, musst du deinen Mut und deinen Verstand einsetzen. Und du musst Wurm zurücklassen.“

Drakes Mund klappte auf. „Was?“ fragte er. „Warum?“

„Du musst das allein machen, Drake“, antwortete Breen. „Außerdem gibt es in der Feenwelt nur Platz für einen Drachen.“

Drakes Drachenstein begann zu glühen. Er sah Wurm an.

Damit habe ich nicht gerechnet, Wurm!, sagte Drake in Gedanken.

Es wird alles gut gehen, versprach ihm Wurm. *Ich werde hier sein, wenn du zurückkommst.*

Drake drehte sich zu Breen um. „Okay, ich bin bereit. Ich hoffe nur, dass es nicht zu lange dauert, Fallyn zu finden. Wir müssen so schnell wie möglich nach Bracken zurückkehren."

„Wie lange es dauert, hängt von dir ab", sagte Breen zu ihm. „Ich kann dir bei den ersten Schritten helfen, aber der Rest liegt bei dir. Dann kann die Prüfung ja jetzt beginnen!"

Breen hüpfte über das Feld und pfiff eine Melodie.

KAPITEL 4
DER FEENHÜGEL

Drake folgte Breen zu einem kleinen, grasbewachsenen Hügel.

„Dies ist ein Feenhügel“, erklärte Breen.

„Davon habe ich schon gehört“, sagte Drake. „Meine Mutter erzählte mir immer Geschichten über eine geheime Feenwelt. Sie sagte, der Feenhügel sei der Eingang zu dieser Welt. Aber ich hätte nie gedacht, dass ihre Geschichten wahr sind.“

Breen lächelte. „Ich wette, du hast auch nicht an Drachen geglaubt, bis du einen gesehen hast." Drake lächelte ebenfalls. „Nein, habe ich wirklich nicht."

„Es gibt viele verschiedene Arten von Feen in dieser geheimen Welt", erläuterte Breen.

Sie berührte ihren Drachenstein, der sofort zu leuchten begann. Dann tat sich eine Öffnung in dem Hügel auf.

Breen trat hinein und Drake folgte ihr. Sie gingen durch einen dunklen Tunnel, der sich zu einem Blumenfeld öffnete. Dieser Ort sah fast so aus wie der, von dem sie gerade gekommen waren. Aber Drake konnte erkennen, dass er doch anders war. Der Himmel hatte einen seltsamen Rosaton statt eines hellen Blaus. Die Farben der Blumen sahen bunter aus.

„Willkommen in der Feenwelt! Sie ist unserer Welt ähnlich, aber doch ganz anders“, erklärte Breen. „Du wirst sehen. Komm hier entlang.“

Drake folgte Breen auf einem Weg durch die Wiese. Am Rand eines Waldes blieb Breen stehen. Dort teilte sich der Pfad in zwei verschiedene Richtungen.

„Welchen Weg nehmen wir?", fragte Drake.

Breen trat zur Seite. „Das musst du entscheiden, Drake."

Drake blickte auf die beiden Wege. Sie führten beide in den Wald.

Woher weiß ich, welcher Weg uns zu Fallyn führen wird?, fragte er sich.

„Entscheide dich, Drake", dränge ihn Breen mit neckender Stimme. „Beeil dich. Welchen Weg nehmen wir?"

Drake holte tief Luft. Plötzlich hörte er Stimmen hinter sich. Er drehte sich um und sah eine Gruppe winziger Männer – keiner von ihnen höher als Drakes Knie – auf sie zu marschieren. Jeder hatte einen weißen Bart und trug ein grünes Hemd, eine grüne Hose und eine spitze, rote Mütze.

„Wir marschieren hier von Ort zu Ort, hier und da und dort und dort“, sangen sie.

Drakes Augen weiteten sich. „Wer sind die?“, fragte er Breen.

„Diese Feen heißen Rotkappen“, erklärte sie. „Sie marschieren gerne herum.“

Die Rotkappen marschierten auf Drake und Breen zu, ohne sie zu beachten. Als sie die Weggabelung erreichten, marschierten sie den Weg auf der rechten Seite hinunter. Dann blieben sie stehen und drehten sich alle gleichzeitig zu Drake um.

„Folgt uns!“, riefen sie.

DIE ROTKAPPEN

Ich glaube diese Feen wollen mir helfen!, dachte Drake. Er wollte gerade einen Schritt in Richtung der Rotkappen machen, hielt dann aber an und drehte sich zu Breen.

„Ich schätze, du wirst mir nicht sagen, ob wir ihnen folgen sollen oder nicht", sagte er.

„Nein. Das kann ich nicht", antwortete Breen. „Das wäre Betrug!"

„Aber kannst du mir etwas über sie erzählen?", fragte Drake.

Breen wickelte sich eine ihrer Locken um einen Finger. „Ich denke schon. Was möchtest du wissen?“

„Nun, was für Feen sind sie?“, fragte Drake. „Sind sie nett?“

„Meistens marschieren sie in der Gegend herum“, antwortete sie. „Aber sie treiben auch gerne ihre Späße mit Menschen, die hier zu Besuch sind.“

„Hmm“, meinte Drake. „Welche Art von Späße?“

„Du stellst zu viele Fragen, Drake“, sagte Breen. „Wähle einen Weg!“

Die Rotkappen waren bereits dabei, weiter zu marschieren. „Wartet auf uns!“, rief Drake. Er rannte, um die Feen einzuholen. Breen folgte ihm.

Die Rotkappen marschierten in den Wald.

„*Wir marschieren hier von Ort zu Ort, hier und da und dort und dort*“, wiederholten sie.

Sie marschierten und marschierten. Drake erwartete immer wieder, das Ende des Waldes zu erreichen, aber das geschah nicht.

„Ich glaube, wir gehen im Kreis!“ stellte er fest.

„Du hast Recht“, stimmte Breen zu. Sie zeigte auf einen Baum mit einem verdrehten Stamm. „Wir sind schon dreimal an diesem Baum vorbeigekommen.“

„*Wir marschieren hier von Ort zu Ort, hier und da und dort und dort*“, sangen die Rotkappen.

Drake runzelte die Stirn. „Ich denke, wir hätten ihnen nicht folgen sollen“, erklärte er. „Lass uns zurück zum anderen Weg gehen.“

Drake versuchte sich umzudrehen – aber er konnte nicht! Sein Körper schwang herum und marschierte weiter hinter den Rotkappen her. Seine Beine bewegten sich ganz von allein!

„Hey!“, schrie Drake.

Verwenden die Rotkappen eine Art Feenmagie?, fragte er sich.

Drake konnte nicht langsamer werden oder die Richtung ändern. Hinter ihm marschierte auch Breen. Sie konnten nicht anhalten!

Drake ließ seine Beine schneller werden. Er holte das Rotkappen-Männchen, das am Ende der Reihe lief, ein und klopfte ihm auf die Schulter.

„Entschuldige bitte“, sagte er. „Aber wir möchten jetzt aufhören, euch zu folgen. Wir müssen Fallyn finden und mein Königreich retten.“

Die Rotkappen hörten auf zu marschieren. Sie alle drehten sich um und sahen Drake an.

„Aber ihr müsst uns weiter folgen!“, erklärte einer.

„Wir haben zu viel Spaß!“, sagte ein anderer.

„Ja", stimmte ein dritter zu. „Hin und her zu gehen bereitet uns so viel Vergnügen."

„Es tut mir leid, aber ich habe keine Zeit für Spiele", sprach Drake. „Mein Königreich braucht Hilfe."

„Tut uns leid", sagte einer von ihnen. „Wir können euch nicht gehen lassen."

„Ihr müsst uns aber irgendwann gehen lassen", meinte Drake. „Wie lange wollt ihr überhaupt noch spielen?"

Die Rotkappen antworteten ihm alle gleichzeitig. „Für immer!"

Kapitel 6

Ein Trick

Die Feen strahlten Drake an.

„Ihr wollt, dass ich *für immer* mit euch marschiere? Dazu könnt ihr mich nicht zwingen!“, rief Drake. Seine Beine bewegten sich immer noch und marschierten auf der Stelle.

„Doch, können wir!“, sagte eine der Rotkappen fröhlich. Dann drehten sie sich alle um und begannen wieder zu marschieren. Drakes Beine folgten ihnen.

„*Wir marschieren hier von Ort zu Ort, hier und da und dort und dort.*“

Drake sah Breen an. „Du hättest mich vor den Rotkappen warnen können!“ sagte er.

„Das habe ich“, antwortete sie. „Ich habe dir doch gesagt, dass sie gerne Späße machen.“

„Das macht aber keinen Spaß“, beschwerte sich Drake.

Breen zuckte mit den Achseln. „Ihnen macht es Spaß.“

Drake marschierte den Weg entlang und dachte nach. *Ich muss einen Weg finden, die Rotkappen dazu zu bringen, uns gehen zu lassen. Aber alles, was ich über sie weiß, ist, dass sie gerne Spaß haben.*

Spaß ... Drake wiederholte das Wort in Gedanken. Zu Hause wollten die jüngeren Kinder ihn immer von der Feldarbeit holen, um Spiele zu spielen. Spiele wie Fangen, Himmel und Hölle, Verstecken ...

Drake tippte erneut der nächsten Rotkappe auf die Schulter und die Feen hörten alle auf zu marschieren.

„Was ist?“, fragte die Rotkappe.

„Ich kenne ein Spiel, das wir spielen können", sagte er. „Es macht mehr Spaß, als zu marschieren."

Die Augen der Rotkappen leuchteten auf. „Mehr Spaß! Wie heißt es?"

„Es heißt Verstecken", antwortete Drake. „Ihr schließt eure Augen und zählt. Breen und ich werden uns verstecken. Wenn ihr sie öffnet, müsst ihr uns suchen."

„Oh, das klingt nach Spaß", sagte die Rotkappe. „Was passiert, nachdem wir euch gefunden haben?"

„Dann seid *ihr* an der Reihe, euch zu verstecken", erklärte Drake.

Die Rotkappen drängten sich zusammen. Sie flüsterten miteinander. Dann drehten sie sich wieder zu Drake um.

„Wir werden dein Spiel spielen!“, sagten sie alle gleichzeitig.

„Klasse“, jubelte Drake. „Zuerst müsst ihr euren magischen Griff um uns loslassen, damit wir uns richtig verstecken können.“

„Erledigt“, sagten die Rotkappen und schnippten mit den Fingern.

Drake probierte es aus. Er drehte sich um und machte einen Schritt.

Meine Idee funktioniert!, dachte er.

Er wandte sich wieder den Rotkappen zu. „Perfekt!“

Eine der Rotkappen nickte. „Jetzt schließen wir unsere Augen und zählen, richtig?“

„Ja“, antwortete Drake.

Die Rotkappen schlossen alle ihre Augen. Eine Rotkappe öffnete ihre wieder. „Wie hoch zählen wir?"

„Bis Zehntausendsechshundertunddreiundzwanzig", antwortete Drake.

„Okay!", sagte die Rotkappe und schloss die Augen.

Dann begannen alle Feen zu zählen. „Eins, zwei, drei …"

Drake bedeutete Breen, ihm zu folgen. Sie eilten zurück zu der Weggabelung, weg von den Rotkappen.

HINKY PINK

Du hast die Rotkappen ausgetrickst!", meinte Breen kichernd. „Diese Feen werden den ganzen Tag mit Zählen beschäftigt sein. Gut gemacht!"

Drake lächelte. „Danke", sagte er. Sie hatten die Weggabelung erreicht. „Lass uns jetzt diesen Weg versuchen."

Diesmal nahmen sie den Weg links und erreichten schnell den Waldrand. Der Weg führte schließlich über eine grüne Wiese.

Während sie gingen, begann ein dichter Nebel aufzusteigen.

Bald war er so dick, dass Drake Breen nicht mehr sehen konnte, die direkt neben ihm war!

„Ist es hier immer so neblig?", fragte Drake.

„Nicht immer", antwortete Breen. „Der Nebel kommt auf, wenn Hinky Pink die Feenwelt besucht."

„Wer ist Hinky Pink?", fragte Drake.

Dann vernahmen sie durch den Nebel vor ihnen eine Stimme: „Nebel, Nebel, Nebel so schön! Auf dem Feld, im Tal und im Moor schön anzuseh´n."

„Das ist Hinky Pink", flüsterte Breen.

Drake versuchte, das Wesen durch den Nebel zu erkennen. Aber alles, was er sah, war ein schwaches Licht in der Ferne.

„Hinky Pink! Hast du diesen Nebel mitgebracht?“, rief Drake.

„Ich werde nicht lügen, ja, der Nebel ist mein! Ich habe die Wolken vom Himmel geholt, wie fein“, antwortete der Kobold.

„Ich kann nicht mehr sehen, wohin ich gehen soll“, erklärte Drake. „Und ich muss den Frühlingsdrachen ganz schnell finden. Kannst du bitte diesen Nebel verschwinden lassen?“

„Ich bin glücklich, wenn es dunkel ist wie in der Nacht. Und meine Laterne hier das einzige Licht macht!“, antwortete Hinky Pink. „Aber, wenn dieser Nebel dich stört, kannst du ihn mit etwas Hellem vertreiben!“

Drake stöhnte. *Das wird nicht einfach*, dachte er. *Woher bekomme ich nur ein helles Licht?*

Dann sah Drake auf seinen Drachenstein hinunter und hatte eine Idee.

Er wandte sich an Breen. „Ist es Betrug, wenn ich Wurm um Hilfe bitte?“

„Ich denke, es ist in Ordnung, solange er sich nicht hierher transportiert“, antwortete sie.

Drakes Drachenstein leuchtete grün, als er Wurm kontaktierte.

Wurm, kannst du mich hören?, fragte Drake.

Er hörte die Stimme seines Drachen in seinem Kopf. Ja.

Hier bei uns macht ein Kobold Nebel. Kannst du meinen Drachenstein hell genug leuchten lassen, um den Nebel zu vertreiben?, fragte Drake.

Ich denke schon, antwortete Wurm.

Drakes Drachenstein begann heller zu leuchten ¨ und heller ¨ und heller¨ Drake konnte Breen wieder sehen. Und vor ihm konnte er einen seltsamen, kleinen Mann erkennen! Der Mann war ungefähr so groß wie Drake und trug lustige, gestreifte Hosen. Er hielt eine Laterne in einer Hand.

Hinky Pink stampfte mit dem Fuß auf. „Oh, verflixt! Du hast gewonnen! Jetzt kommt die Sonne!“, jammerte er.

Hinky Pink und der Nebel verschwanden.

Drake blinzelte im hellen Sonnenlicht. Er konnte den Weg nun deutlich sehen. Und vor ihm sah er etwas Neues: einen Jungen. Einen Jungen mit schwarzen Haaren und einem Drachenstein um den Hals.

„Bo!“, rief Drake

KAPITEL 8

EIN FREUND TAUCHT AUF

Drake war überrascht, seinen besten Freund in diesem magischen Land zu sehen.

„Wie bist du hierher gekommen, Bo?“, fragte Drake. „Hat Griffith dich geschickt?“

„Beeil dich, Drake!“, antwortete Bo und ignorierte seine Frage. „Ich weiß, wie wir Fallyn finden. Folge mir!“

Drake trat einen Schritt vor, blieb dann aber stehen. *Etwas fühlt sich nicht richtig an*, dachte er.

„Beeil dich, Drake!“, drängte Bo.

Drake sah zu Breen. „Bo ist mein bester Freund. Aber es ergibt keinen Sinn, dass er hier ist“, sagte Drake. „Ist das wirklich Bo?“

„Du weißt, ich kann dir auf dieser Reise nicht helfen“, erklärte Breen. „Denk nach, Drake. Wenn Bo dein bester Freund ist, solltest du wissen, ob er es ist.“

„Drake, komm schon!“, rief Bo. „Ich bin es. Ich bin es wirklich!“

Dieser Junge sieht aus wie Bo, dachte Drake. *Aber vielleicht ist es ein Trick. Hema, der Golddrache, kann sich in jede Gestalt verwandeln. Vielleicht ist dies eine Fee, die vorgibt, Bo zu sein.*

„Bo, ich bin mir nicht sicher, ob du es wirklich bist“, sagte Drake.

Bo runzelte die Stirn. „Natürlich bin ich es, Drake. Ich bin dein bester Freund!“

Bo kennt mich besser als jeder andere, dachte Drake. *Wenn dies eine Fee ist und nicht Bo, dann finde ich mit einem Trick vielleicht die Wahrheit heraus.*

„Wir halten immer zusammen“, sagte Bo.

„Du hast recht ¨“ antwortete Drake langsam. „Wie damals, als wir beide mit Darma und dem Golddrachen in Maldreds Werkstatt gingen.“

„Genau“, sagte Bo. „Das war ein richtig unheimliches Abenteuer.“

Drake trat vor. „Aha!“, rief er. „Jetzt *weiß* ich, dass du nicht Bo bist, weil Bo nicht mit mir zu Maldreds Werkstatt gegangen ist. Das war nämlich Rori!“

Die Augen des Jungen blitzten mit blauem Licht. „Das ist nicht fair! Du hast mich reingelegt!“, sagte er. Dann begann sein ganzer Körper zu glühen.

Der Junge verwandelte sich in ein strahlend blaues Pferd mit glühenden Augen!

Erschrocken sprang Drake zurück und fiel zu Boden.

Das Pferd bäumte sich auf den Hinterbeinen auf. Es wieherte und galoppierte dann weg.

DER SCHAURIGE WALD

Herzlichen Glückwünsch!", sagte Breen und half Drake auf die Beine. „Du hast das Puka ausgetrickst!"

„Was ist ein Puka?", fragte Drake.

„Ein Puka ist eine Fee, die jede Form annehmen kann", antwortete Breen. „Es nimmt normalerweise Tierformen an, wie dieses Pferd."

Drake seufzte. „Ich wünschte, du könntest mir helfen, Fallyn zu finden. Du kannst mir wohl nicht sagen, ob wir ihr näher kommen?“

Breen schüttelte den Kopf.

„Dachte ich mir schon“, sagte er. „Ich hoffe nur, dass wir sie bald finden.“

Drake marschierte den Weg entlang zum Rand eines zweiten Waldes. Die Nadeln an den hohen Kiefern waren so dunkel, dass sie schwarz aussahen. Die Bäume hatten schwarze Stämme.

Drake schluckte. „Dieser Wald sieht ziemlich gruselig aus“, meinte er. „Ist es sicher, hier rein zu gehen?“

„Das musst du selbst entscheiden, Drake“, antwortete Breen.

Drake nickte. Er sah zu den hohen Bäumen auf und holte tief Luft. „Okay. Lass uns gehen.“

Sobald er einen Fuß in den dunklen Wald setzte, fühlte Drake ein Frösteln. Er zitterte. Eine unheimliche Stille fiel über sie, als sie sich ihren Weg durch die Bäume bahnten. Die Erde fühlte sich weich und matschig unter Drakes Füßen an.

Hinter ihm begann Breen, mit süßer Stimme zu singen.

„Die Amsel war ein gut aussehender Gesell, mit Federn ganz schwarz und einem Schnabel sonnenhell. Sie flog über die Felder und über die Bäume, stieg auf und schwebte in der sanften Frühlingsbrise wie im Traume."

Das Lied ließ Drake ein bisschen weniger Angst haben. „Das ist ein schönes Lied, Breen. Wo hast du ..."

Er drehte sich um und sah hinter sich.

Aber Breen war weg.

„Breen?", fragte Drake. Er drehte sich im Kreis und suchte nach ihr. Seine Stimme wurde lauter. „Breen! Breen!", erklang das Echo seiner Stimme von den Bäumen.

Er war ganz allein.

Drake war noch nie allein auf einer Mission gewesen. Immer waren andere Drachenmeister mit ihm gegangen. Und Wurm. Er dachte an Wurm, der am Feenhügel außerhalb der Feenwelt auf ihn wartete. *Ich wünschte, Wurm wäre jetzt an meiner Seite*, dachte er.

Drake blickte in den dunklen Wald um ihn herum. *Spielt Breen mir einen Streich?*, fragte er sich. *Oder ist sie in Schwierigkeiten? Ich sollte versuchen, Wurm zu kontaktieren ...*

Aber bevor er das tun konnte, schwebten kleine Feen aus den Bäumen auf ihn zu. Ihre Kleidung hatte die Farbe von Baumrinde, ihre Haare sahen aus wie Moos und ihre Flügel bestanden aus Baumblättern.

Sie umringten ihn schnell!

DAS RÄTSEL

Die winzigen Feen näherten sich Drake.

„Wer hat unseren Wald betreten?“, fragte eine der Kreaturen.

„Mein Name ist Drake“, antwortete Drake.

„Mein Name ist Kiora, und wir sind die Waldfeen“, sagte die Fee. „Was machst du hier?“

„Ich bin auf dem Weg zum Frühlingsdrachen“, erklärte Drake. „Ich brauche ihre Hilfe. Ihre Drachenmeisterin Breen hat mich hierher gebracht. Aber Breen ist einfach verschwunden. Könnt ihr mir helfen, sie zu finden?“ Die Waldfeen versammelten sich und sprachen leise miteinander. Dann flog Kiora vor Drakes Gesicht.

„Wir können dir helfen“, sagte sie. „Aber zuerst musst du eine Prüfung bestehen.“

„Es gibt aber ganz schön viele Prüfungen in der Feenwelt“, murmelte Drake.

Kiora stemmte die Hände in die Hüften. „Wir können auch wieder gehen. Willst du die Drachenmeisterin finden oder nicht?“

„Ja, will ich!“, sagte Drake schnell. „Worin besteht die Prüfung?“

„Du musst eine Blume im Wald finden und zu uns bringen“, antwortete Kiora.

„Irgendeine Blume?“ fragte er.

Kiora schüttelte den Kopf. „Nein. Eine besondere Blume. Hör zu.“

Die Waldfeen begannen, gemeinsam zu singen.

„*Finde eine Blume in der Himmelsfarbe,*
die eine Kirsche als Auge habe.
Sie hat mehr Blütenblätter als eines Pferdes Beine,
doch weniger Beine als die einer Spinne alleine!“

Drake versuchte sich an alle Hinweise zu erinnern. *Farbe des Himmels. Kirsche als Auge. Mehr als vier Blütenblätter. Weniger als acht Blütenblätter.*

„Ich werde sie finden“, versprach Drake.

Drake rannte durch den Wald, gefolgt von Kiora. Er sah sich nach Blumen um, konnte sich aber nicht vorstellen, an diesem dunklen, schaurigen Ort welche zu finden.

Blumen brauchen Sonnenlicht, um zu wachsen, dachte Drake. *Ich muss eine hellere Stelle in diesem Wald finden …*

Bald kam er zu einer Lichtung im Wald, wo bunte Blumen blühten.

Drake rannte zu eine Ansammlung blauer Blumen und kniete nieder. „Farbe des Himmels", sagte er. „Und sieh mal, sie haben leuchtend rote Mitten. Genau wie Kirschen. Das müssen die Blumen aus dem Rätsel sein! Jetzt muss ich nur noch die Blütenblätter zählen."

Eins, zwei, drei, vier, fünf, sechs zählte er für sich. „Das ist sie! Sechs ist mehr als vier und weniger als acht. Das war einfach!"

„Aber das ist nicht die richtige Blume", sagte Kiora.

Drake runzelte die Stirn. „Aber sie hat eine rote Mitte wie eine Kirsche. Sechs Blütenblätter. Und sie ist blau, das ist die Farbe des Himmels."

„Ist das so?", fragte Kiora.

„Natürlich ist der Himmel ...", wollte Drake sagen, aber dann sah er nach oben und sah den rosa Himmel über sich.

„Oh, das habe ich vergessen“, sagte Drake. „Der Himmel in der Feenwelt ist rosa, nicht blau.“

Kiora kicherte. „Sehr gut! Such weiter!“ Drake suchte und suchte, bis er einige rosa Blumen fand. Sie hatten rote Mitten. Er zählte die Blütenblätter.

„Vier Blütenblätter. Das ist nicht genug“, murmelte er mit gerunzelter Stirn. Er zählte die Blütenblätter einer anderen rosa Blume. „Neun Blütenblätter. Zu viele!“

Blume für Blume zählte er die Blütenblätter. Schließlich ...

„Eins, zwei, drei, vier, fünf!“, rief er. Er pflückte die Blume und hielt sie Kiora hin. „Ist sie das?“

„Das ist sie!“, antwortete die Fee. „Und jetzt helfen wir dir, die Drachenmeisterin zu finden.“

Kiora streute glitzernden Staub auf die Blume. Sie flog aus Drakes Hand und pflanzte sich wieder in den Boden. Dann begann sie zu wachsen … und wachsen … und wachsen. Die Blume wurde größer als Drake.

„Wow!", rief Drake aus.

Dann beugte sich der Blütenstiel zu Drake herüber. Die Blütenblätter umgaben ihn und die Blume verschluckte ihn!

„Viel Glück bei der Suche nach deiner Freundin!", rief Kiora.

KAPITEL 11

GEFANGEN!

Drake purzelte die riesige, grüne Röhre des Blütenstiels hinunter. Er landete schließlich auf einem erdigen Boden.

Drake stand auf und sah sich um. Er war unter der Erde. Als sich seine Augen an das schwache Licht gewöhnt hatten, hörte er eine Stimme.

„Drake! Hier drüben!"

Drake rannte auf die Stimme zu und entdeckte Breen hinter Metallgittern, gefangen in einer Höhle.

„Breen, ich bin so froh, dass ich dich gefunden habe!", rief er. Er packte die Gitterstangen und zerrte daran. Sie bewegten sich kein bisschen. „Was ist passiert? Wer hat dich hier reingesteckt?"

„Es ist schrecklich", antwortete Breen. „Ein böser Oger hat mich aufgegriffen und hierher gebracht. Er wird zurückkommen, um mich zu fressen!"

„Ein Oger?", fragte Drake. „Du meinst so einen großen, gemeinen Riesen?"

Breen nickte. „Kannst du mich hier rausholen, Drake?"

Drake untersuchte die Höhle. Er würde die dicken Metallstangen nicht verbiegen können. Er sah keinen Ausweg. *Was kann ich tun?*, fragte er sich.

Plötzlich begann der Boden unter seinen Füßen zu beben.

„Der Oger kommt zurück!", schrie Breen.

„Fee! Fie! Foe! Fum! Futter braucht der große Mann!“, sang der Oger.

Drake drehte sich um und sah eine riesige Kreatur mit einem dicken Bauch auf sich zu stampfen.

„Lauf, Drake! Rette dich selbst!“, rief Breen. „Wenn du gefressen wirst, wirst du niemals dein Land retten. Geh jetzt!“

Breen hat recht – wenn ich jetzt nicht gehe, werde ich Fallyn vielleicht nie finden, dachte Drake. *Aber ich kann sie nicht hier lassen, wo sie aufgefressen wird!*

Er warf sich mit seinem Körper vor die Höhle.

Der Oger brüllte, als er auf Drake zuging. „*Aaaaaaargh!*"

KAPITEL 12

DER FRÜHLINGSDRACHE

„Ich kann nicht zulassen, dass der Oger dich verletzt, Breen!“, schrie Drake.

Er stellte sich dem Oger tapfer entgegen.

„Wenn du Breen willst, musst du erst an mir vorbei!“, rief er.

Der Oger stampfte auf Drake zu. Drake konnte den heißen Atem des Monsters auf seinem Gesicht spüren.

„Bleib zurück!“, warnte Drake und ballte seine Hände zu Fäusten.

Der Oger ignorierte Drake. Er ging an ihm vorbei und zog mit seinen starken Armen die Gitterstäbe vor der Höhle auseinander. Breen trat ruhig durch die Öffnung.

„Danke, Blorp", sagte Breen.

„Habe ich gut geschauspielert?", fragte Blorp.

Breen nickte. „Ganz klasse."

Drake starrte sie an. „Du meinst, er ist nicht gefährlich?", fragte Drake Breen.

„Blorp? Nein, er ist ein Guter", meinte Breen. Sie winkte dem Oger zu. „Bis später!"

Der Oger marschierte davon.

„Das war ein weiterer Trick?", wollte Drake wissen, aber er war nicht böse auf Breen. Eine Welle der Erleichterung überkam ihn.

„Noch eine *Prüfung* – und du hast bestanden!“, erklärte Breen. „Du bist geblieben, um mich zu beschützen, obwohl du hättest weglaufen können, um dich selbst zu retten. Jetzt weiß Fallyn, dass man dir vertrauen kann.“

Drakes Herz pochte immer noch. „Das war eine ziemlich beängstigende Prüfung!“

„Fallyn muss vorsichtig sein, Drake“, erklärte Breen. „Es gibt gierige Menschen auf der Welt. Menschen, die sie stehlen und ihre Kräfte nur für sich selbst einsetzen würden. Deshalb lebt sie im Verborgenen. Und darum hilft sie nur denen, die es wert sind.“

„Also, heißt das, dass ich Fallyn jetzt sehen darf?“, fragte Drake.

Breen grinste. „Folge mir.“

Sie führte ihn aus der Höhle.

Breen führte Drake auf eine sonnige Wiese. Ein wunderschöner, grüner Drache saß auf einem mit Blumen bedeckten Hügel. Ihre Flügel sahen wie große Blätter aus und winzige Blätter sprossen aus ihrem Körper.

„Fallyn, wir haben es geschafft!“, rief Breen.

Ihr Drachenstein begann zu glühen. Breen lächelte.

„Fallyn sagt, dass du sehr mutig und klug warst, Drake", erläuterte sie. „Sie wird dir helfen."

„Danke, Fallyn", sagte Drake. „Können wir nun zu meinem Drachen Wurm gehen? Er kann uns sofort nach Bracken bringen."

Breen kletterte auf Fallyns Rücken.

„Komm herauf, Drake", sagte sie und half ihm hinauf.

Der Frühlingsdrache schlug mit den Flügeln und flog in die Luft. Sie schwebten über die Wälder und Wiesen.

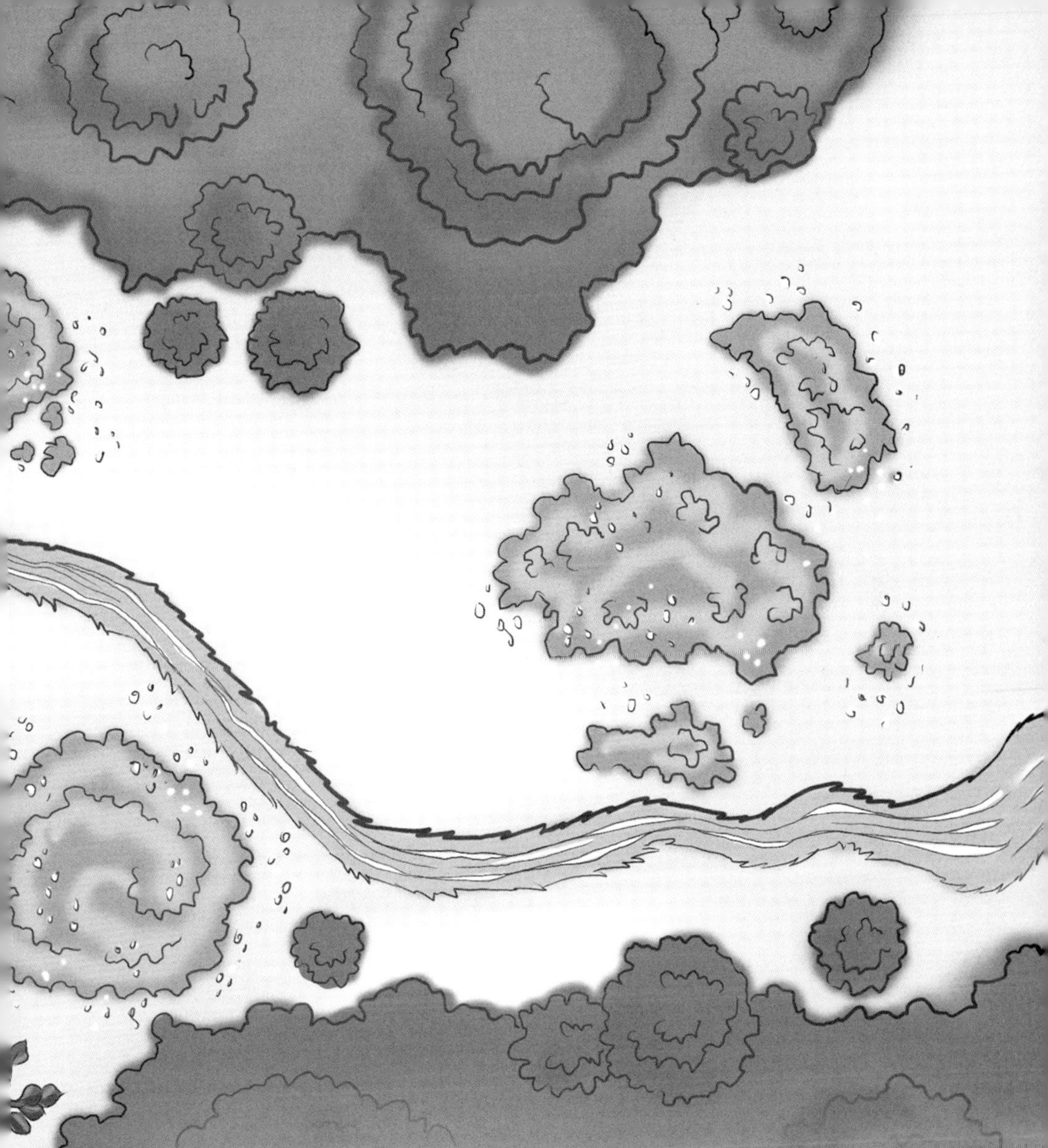

Schließlich landete Fallyn. Breen und Drake kletterten von ihrem Rücken. Sie gingen durch denselben Tunnel wie zuvor, bis sie zu einem Erdwall kamen. Fallyn leuchtete und eine Öffnung tat sich auf. Sie betraten wieder Inis Band.

Dort wartete Wurm auf sie. *Ich wusste, dass du Fallyn finden würdest*, sagte er zu Drake. *Gut gemacht!*

„Danke, Wurm“, antwortete Drake.

Er streckte Breen die Hand entgegen.

„Berühre Fallyn und dann berühre ich Wurm“, bat er. „Sobald wir alle verbunden sind, kann Wurm uns transportieren.“

„Ich war noch nie außerhalb von Inis Banba“, sagte Breen. „Das ist aufregend!“

Sie nahm Drakes Hand und legte eine Hand auf ihren Drachen. Dann transportierte Wurm sie alle in einem Strahl aus grünem Licht nach Bracken.

KAPITEL 13

GRÜN

Drake, Wurm, Breen und Fallyn landeten auf den Feldern von Bracken. Breen sah sich die aufgerissene Erde und die verdorrte Ernte an.

„Dies wird eine sehr große Aufgabe für Fallyn und mich“, meinte sie.

Neugierige Dorfbewohner versammelten sich um sie. Dann hörte Drake eine vertraute Stimme.

„Drake!"

Er drehte sich um und sah Bo auf sich zu rennen. Die anderen Drachenmeister - Rori, Ana und Petra - folgten ihm zusammen mit Griffith, dem Zauberer. Aber Bo rannte schneller als jeder von ihnen.

„Bo!", rief Drake.

Er lief zu Bo und umarmte ihn. „Du bist es wirklich!"

„Wie meinst du das?", fragte Bo. „Wer soll ich sonst sein?"

„Das ist eine sehr lange Geschichte", sagte Drake. „Ich erzähle sie dir später. Nun solltest du erst einmal Breen und Fallyn, den Frühlingsdrachen, kennenlernen. Sie werden in Bracken alles zum Wachsen bringen!"

Ana blickte Fallyn mit großen Augen an. Sie drehte sich zu Breen um. „Dein Drache ist wunderschön!“

„Noch schöner als ich sie mir vorgestellt habe“, sagte Petra.

„Sie *ist* wunderschön“, stimmte Rori zu. „Ich hoffe, sie ist auch mächtig.“

„Seht einfach zu“, verkündete Breen. „Bitte, tretet alle zurück.“

Alle bildeten einen großen Kreis um Breen und Fallyn. Breen sah ihren Drachen an. Ihr Drachenstein leuchtete.

„Fallyn, bitte bringe die Ernte zurück auf diese Felder“, bat sie. „Bohnen, Erbsen, Hafer, Gerste, Weizen, Kartoffeln, Kohl, Karotten, Pastinaken, Spinat ...“

Breen blieb stehen und sah die Drachenmeister an. „Fehlt noch etwas?“

„Zwiebeln“, antwortete Drake. „Vergiss die Zwiebeln nicht!“

„Blumen wären auch schön“, fügte Ana hinzu.

Breen nickte. „Und Zwiebeln und Blumen“, sagte sie zu Fallyn.

Der Körper des Drachen begann mit einem sanften, gelbgrünen Licht zu leuchten. Sie schloss ihre Augen.

Das Licht wanderte durch Fallyns Körper bis zu ihren Füßen und schoss dann in den Boden. Sofort breitete sich das Licht über die braune, zerstörte Erde aus.

Fallyn sendet ihre Energie in das Land, erkannte Drake. Er schaute auf seine Füße hinunter und sah das Licht des Drachen unter ihnen leuchten.

Er spürte, wie sich die Erde zu bewegen begann - nicht zu zittern wie bei einem Erdbeben. Die Risse in der Erde schlossen sich. Dann begann etwas sanft aus dem Boden aufzugehen.

Breen wirbelte im Kreis um ihren Drachen herum. Atemlos sahen sie alle zu, wie Fallyns Leuchten immer heller wurde.

KAPITEL 14

DIE DRACHENBLUME

Langsam sprossen winzige, grüne Triebe aus der Erde hervor.

„Es funktioniert!“, rief Drake. „Lasst uns von den Feldern heruntergehen, um Platz für die Pflanzen zu schaffen.“

Alle liefen zu den Hütten am Rande des Dorfes. Dann beobachteten sie, wie die Pflanzen mit erstaunlicher Geschwindigkeit wuchsen. Sie wurden mit jeder Sekunde größer und größer.

Bald wogten an einer Stelle hohe Stängel jungen, grünen Weizens. An einer anderen erschienen die buschigen, grünen Blätter des Spinats. Drakes Herz hüpfte beim Anblick der dünnen, grünen Zwiebelspitzen, die in ordentlichen Reihen wuchsen.

Fallyns Leuchten verblasste langsam. Breen hörte auf, sich zu drehen. Die Dorfbewohner starrten mit offenem Mund auf die grünen Pflanzen. Einen Moment lang sprach niemand.

Dann rief Rori: „Wow! Das war unglaublich!“

Die Dorfbewohner jubelten. Die Drachenmeister und Griffith rannten zu den Feldern.

Breen war in einem Kreis gelb-roter Blumen, an Fallyn gelehnt, auf den Boden gesunken. Die Ohren des Drachen hingen herab.

„Was sagt ihr dazu?“, fragte Breen mit einem glücklichen und stolzen Lächeln im Gesicht.

„Ich denke, dass all diese Feenprüfungen es wert waren“, antwortete Drake. „Du hast ein ganzes Königreich gerettet! Vielen Dank. Danke euch beiden.“

„Ja, danke“, sprach Griffith. „Du bist einer der mächtigsten Drachen, die ich je gesehen habe, Fallyn. Ihr beide müsst ziemlich müde sein.“

„Wurm und ich können euch nach Hause bringen“, bot Drake an.

„Das wäre sehr schön“, stimmte Breen zu. Ihr Drachenstein leuchtete. „Fallyn sagt, sie ist glücklich, euch allen geholfen zu haben.“

Drake und Wurm transportierten Breen und Fallyn schnell zurück nach Inis Banba.

„Ich werde dich vermissen“, sagte Drake zu Breen. „Auch wenn du mich so oft ausgetrickst hast.“

Sie grinste. „Komm gerne jederzeit nach Inis Banba zurück, Drake. Dann können wir wirklich mal Verstecken spielen!“

Dann kehrten Drake und Wurm auf die Felder von Bracken zurück.

Ana sah sich einige gelb-rote Blumen genau an.

„Ich habe noch nie solche Blumen gesehen“, meinte sie. „Sie sehen aus wie Drachen!“

Drake kniete sich hin, um die Blumen besser betrachten zu können.

„Du hast recht“, bemerkte er. „Die Blume sieht aus wie ein Drachenkopf, aus dem Feuer schießt.“

„Und die Blütenblätter sehen aus wie Stacheln oder Hörner“, fügte Petra hinzu.

„Faszinierend!“, sagte Griffith.

„Wir sollten sie Drachenblume nennen“, schlug Rori vor.

Ana nickte. „Das ist perfekt!“

Plötzlich hörten sie alle ein leises Donnern. Dunkle Wolken erschienen am Himmel.

„Ein Sturm zieht auf!“, rief Petra.

„Regen ist gut für die Pflanzen“, meinte Bo.

„Ich glaube nicht, dass es ein Sturm ist“, sagte Drake.

„Seht nur!“, rief Rori.

Neru, der Donnerdrache, flog über den Himmel!

KAPITEL 15

EINE NEUE MISSION

Neru stürzte auf sie zu.

Petras Augen weiteten sich. „Wird der Donnerdrache uns angreifen?“ fragte sie.

„Nein“, sagte Griffith. „Seine Drachenmeisterin ist nicht bei ihm.“

Rori schnappte nach Luft. „Ich hätte Eko fast vergessen!“

Eko war Griffiths erste Schülerin gewesen. Sie war vor langer Zeit mit ihrem Drachen Neru weggelaufen. Jahre später hatte sie versucht, König Rolands Drachen zu befreien. Sie war gescheitert und wurde gefangen genommen, aber Rori hatte ihr bei der Flucht geholfen. Rori war sogar eine Weile bei Eko geblieben.

Neru landete neben Wurm. Die beiden Drachen blickten sich einen Moment an. Dann hörte Drake Wurms Stimme in seinem Kopf.

Neru macht sich Sorgen um Eko, sagte Wurm. *Er sagt, sie ist verschwunden.*

Drake wandte sich an Griffith. „Rori und ich haben Eko zuletzt in Maldreds Werkstatt gesehen. Maldred hat roten Staub benutzt, um sie verschwinden zu lassen!“

„Wir hätten versuchen sollen, sie zu finden. Oder uns mit Neru in Verbindung setzen sollen“, sagte Rori. „Aber wir waren zu beschäftigt damit, Bracken zu retten.“

Griffith runzelte die Stirn. „Was ist passiert?“

„Das ist kompliziert“, erklärte Drake. „Eko versuchte, Maldred dabei zu helfen, die Kontrolle über den Naga zu erlangen.“

„Es überrascht mich nicht, dass sie einem dunklen Zauberer geholfen hat“, warf Bo ein.

„Eko wollte nur, dass der Naga frei ist“, erklärte Drake.

„Und am Ende hat sie uns geholfen“, unterbrach Rori. „Maldred wollte uns an den Naga verfüttern. Eko hat versucht, uns zu retten. Dann streute Maldred magischen Staub auf Eko und sie verschwand.“

Griffith strich sich über den Bart. „Wenn das der Fall ist, müssen wir ihr helfen."

Rori wandte sich an Bo, Petra und Ana. „Wir müssen sie retten. Bitte?", flehte sie. „Drake und ich schulden ihr etwas."

„Natürlich!", antwortete Ana. Bo und Petra nickten.

„Dann sieht es so aus, als hätten wir unsere nächste Mission", sagte Drake. „Wir müssen Eko finden!"

TRACEY WEST hat Dutzende Bücher für Kinder geschrieben, darunter eine Buchreihe über Feen namens *Pixie Tricks*. Einige der Kreaturen aus dieser Serie haben ihren Weg in Fallyns magische Feenwelt gefunden.

Tracey ist die Stiefmutter von drei erwachsenen Kindern. Sie teilt sich ihr Zuhause mit ihrem Ehemann, einer Katze, zwei Hunden und einem Haufen Hühner. Sie leben in den nebligen Bergen des Staates New York, wo man sich leicht Drachen vorstellen kann, die sich frei in den grünen Hügeln bewegen.

MATT LOVERIDGE liebt es, Kinderbücher zu illustrieren. Wenn er nicht malt oder zeichnet, wandert und radelt er gerne und trinkt Milch direkt aus der Packung. Er lebt mit seiner Frau und seinen Kindern und ihrem schwarzen Hund namens Blue in den Bergen von Utah.

DRACHENMEISTER

DAS LAND DES FRÜHLINGSDRACHEN

Fragen und Aufgaben

Bracken wurde von einem Erdbeben erschüttert. Warum glauben die Drachenmeister, dass ein Frühlingsdrache helfen könnte, das Königreich wieder aufzubauen?

Die Rotkappen wenden Feenmagie bei Drake an. Wie bringt Drake sie dazu, ihn freizulassen?

Bo taucht in der Feenwelt auf. Ist es *wirklich* Bo? Wie testet Drake ihn?

Drake muss ohne Wurm oder seine Freunde reisen. Wann musstest DU dich schon einmal allein etwas entgegenstellen? Wie hast du dich dabei gefühlt? Schreibe über deine Erfahrungen.

Drake wird von einer Blume verschluckt, nachdem eine Fee glitzernden Staub darauf gestreut hat. Stelle dir vor, du streust Feenstaub auf deine Lieblingsblume. Was passiert? Zeichne und beschreibe deine magische Pflanze!